獻給期待長大的你

© 小毛的變身日記
——蝴蝶的變態

文　　圖	劉小屁
責任編輯	朱永捷
美術編輯	黃顯喬

發 行 人	劉振強
著作財產權人	三民書局股份有限公司
發 行 所	三民書局股份有限公司
	地址　臺北市復興北路386號
	電話　(02)25006600
	郵撥帳號　0009998–5
門 市 部	(復北店)臺北市復興北路386號
	(重南店)臺北市重慶南路一段61號

| 出版日期 | 初版一刷　2020年1月 |
| 編　　號 | S 317661 |

行政院新聞局登記證局版臺業字第○二○○號

ISBN　978–957–14–6764–1　(精裝)

http://www.sanmin.com.tw　三民網路書店
※本書如有缺頁、破損或裝訂錯誤,請寄回本公司更換。

小毛的變身日記

蝴蝶的變態

劉小屁／文圖

三民書局

小毛是一隻不起眼的毛毛蟲，

他最大的優點就是很會發現別人的優點，

蜜蜂好勤勞、螞蟻真團結，
獨角仙是超級厲害的大力士。

「我長大會變成什麼樣子呢？」

小毛總是不停猜想著。

「你ㄋㄧˇ長ㄓㄤˇ大ㄉㄚˋ後ㄏㄡˋ，應ㄧㄥ該ㄍㄞ會ㄏㄨㄟˋ變ㄅㄧㄢˋ成ㄔㄥˊ有ㄧㄡˇ翅ㄔˋ膀ㄅㄤˇ的ㄉㄜ˙昆ㄎㄨㄣ蟲ㄔㄨㄥˊ喔ㄛ！」

朋ㄆㄥˊ友ㄧㄡˇ們ㄇㄣˊ異ㄧˋ口ㄎㄡˇ同ㄊㄨㄥˊ聲ㄕㄥ的ㄉㄜ˙說ㄕㄨㄛ。

從此以後，

小毛總是特別注意有翅膀的朋友們。

有一些蝴蝶頭腦很好，
加減乘除都難不倒他們。

有些是偽裝高手，
玩躲貓貓遊戲時，
永遠找不到他們。

有些翅膀上有蛇，

有毒??!!　　　　　　　　　　無毒??!!

有些長得好像，
根本分不清楚
誰是誰啊！

除了忙著認識新朋友，
小毛喜歡躺在葉片上，
幻想滿天飛舞的昆蟲們，
在心中描繪自己長大後的模樣。

小毛一邊看著這些有翅膀的大朋友，
一邊大口大口吃飯。
「好想趕快長大啊！」他想。

「肚子好飽喔！」

連打了幾個哈欠後，

小毛忽然覺得好睏好睏，

他幫自己準備了一個

舒服的小睡袋。

在睡袋裡，

小ㄒㄧㄠˇ毛ㄇㄠˊ做ㄗㄨㄛˋ了ㄌㄜ˙一ㄧ個ㄍㄜˋ長ㄔㄤˊ長ㄔㄤˊ的ㄉㄜ˙夢ㄇㄥˋ。

「呼～」小毛伸伸懶腰，
從睡袋裡慢慢爬出來，

他低頭看看自己，
黑漆漆又皺巴巴的，
沒有帥氣的蛇頭，
身上也沒有數字，
看起來更不像枯葉。
「怎麼跟想像中不太一樣？」

朋友們都好擔心他，

「現在的小毛力氣大嗎？美麗嗎？

還是有著非常聰明的腦袋瓜呢？」

小毛揉揉眼睛，
奮力的張開翅膀。

「比ㄅㄧˇ起ㄑㄧˇ想ㄒㄧㄤˇ像ㄒㄧㄤ中ㄓㄨㄥ的ㄉㄜ樣ㄧㄤˋ子ㄗ，
我ㄨㄛˇ更ㄍㄥˋ愛ㄞˋ現ㄒㄧㄢˋ在ㄗㄞˋ的ㄉㄜ自ㄗˋ己ㄐㄧˇ！」

知識補給站

臺灣獨有的夢幻之蝶

曹先紹

「蝴蝶王國」之稱的臺灣，孕育著 400 多種各式各樣的蝴蝶。在鳳蝶科中具有「夢幻之蝶」美稱的臺灣寬尾鳳蝶，是臺灣特有種，卻因為與稀有臺灣檫樹的共生關係，生存並不容易，已被列為第一級瀕臨絕種保育類野生動物。

臺灣寬尾鳳蝶

臺灣寬尾鳳蝶的種小名 (maraho) 源自泰雅族語，是「頭目」的意思，可見其在蝶類研究者心目中的地位。臺灣寬尾鳳蝶翅膀的底色是黑褐色，後翅中段有白色斑紋、近尾部外緣帶有紅色弦月紋、最大特徵則是由兩條翅脈貫穿的寬大尾突，主要生活在臺灣北部中海拔山區。剛孵化的一齡幼蟲外型類似鳥糞，幼蟲時期都以檫樹葉為食；成蛹時，會擬態枯枝葉來避免天敵；羽化成蝶後，才會開始尋找其他蜜源（翼子赤楊葉、蔥木、杜鵑、繡球花等）。

本書以擬人化的風格，從小毛的視角，帶領讀者輕鬆認識各式各樣的昆蟲樣貌，包括翅膀線條輪廓類似 88 的紅渦蛺蝶（88 蝶、Anna's eighty-eight），與善於偽裝，擬態似枯葉的枯葉蝶，甚至還有前翅末端的圖案像蛇頭的皇蛾。另外，也出現雌紅紫蛺蝶（又名雌擬幻蛺蝶）為了防範天敵而模仿帶有毒素的樺斑蝶（又名金斑蝶）。

故事中的小毛，喜歡欣賞其他昆蟲的特色與優點，最後發現自己不論是否能與其他昆蟲有同樣的優點，其實更重要的是，找到自己的優點，學習接受並喜歡自己。也讓讀者了解「欣賞別人之餘，更要懂得愛自己」。

紅渦蛺蝶

枯葉蝶

皇蛾

圖片來源：Shutterstock

 作者簡介

劉小屁

本名劉靜玟，臺北市立師範學院畢業。

離開學校後一直在創作的路上做著各式各樣有趣的事。

接插畫案子、寫報紙專欄，作品散見於報章與出版社。

在各大百貨公司與工作室教著手作和兒童美術。

2010 第一本手作書《可愛無敵襪娃日記》出版。

2014 出版了自己的 ZINE《Juggling from A to Z》。

2018、2019 與三民書局合作出版小小鸚鵡螺科普繪本《小小的寶藏》、《小斑長得不一樣》、《最好的擁抱》、《小里的建築夢》與《我記得》五本繪本。

開過幾次個展，持續不斷的在創作上努力，兩大一小加一貓的日子過得幸福充實。

給讀者的話

《小毛的變身日記》是一本結合了科普知識和品格教育的繪本。

主人翁小毛是一隻很會欣賞別人優點的毛毛蟲，小小的身體睜著大大的眼睛，一邊看著身邊的大昆蟲們，一邊幻想著自己長大後的樣子。

在都市長大的我，準備開始繪製作品、蒐集資料的時候，初探了昆蟲們的有趣世界。蝴蝶與蛾竟然是這麼美麗又特別的生物，每一種蝶蛾都像藝術品，上天賜予的顏色和花紋是如此巧妙，讓人深深覺得感動。每畫一個題材的故事，就像打開了一個新的世界。覺得能夠欣賞了解這些小動物們的我真是幸福啊！希望看了這系列繪本的小朋友們，也能有興趣去了解不同生物的有趣特點。

期待每個孩子都像小毛，對長大抱持著美好的憧憬，欣賞學習身邊很棒的朋友或大人，把這些優點通通變成養分，大口大口的吞下，豐富自己的生命。經過時間的醞釀，有一天終將蛻變成長成獨特而美好的模樣。

無論長大以後變成什麼模樣，你還是這個世界上獨一無二的你啊！所以要記得很愛很愛自己唷！ ♥